Auguste Luchet

Le Clos de Vougeot et la Romanée-Conti

Anatiposi

Auguste Luchet

Le Clos de Vougeot et la Romanée-Conti

Réimpression inchangée de l'édition originale de 1859.

1ère édition 2023 | ISBN: 978-3-38273-836-5

Anatiposi Verlag est une marque de Outlook Verlagsgesellschaft mbH.

Verlag (Éditeur): Outlook Verlag GmbH, Zeilweg 44, 60439 Frankfurt, Deutschland
Vertretungsberechtigt (Représentant autorisé): E. Roepke, Zeilweg 44, 60439 Frankfurt, Deutschland
Druck (Imprimerie): Books on Demand GmbH, In de Tarpen 42, 22848 Norderstedt, Deutschland

LE CLOS

DE

VOUGEOT

ET LA

ROMANÉE-CONTI

PAR

AUGUSTE LUCHET

Auteur de la Côte-d'Or à vol d'oiseau, de la Science du vin, etc.

PARIS — DIJON — BEAUNE

1859

LE

CLOS DE VOUGEOT

I

Le plus charmant de nos naturalistes l'a dit hier,
et il a eu raison de le dire : *c'est par ses vins
que la France est dominante sur le monde* [1]. Où les
livres ne sont pas lus, on boit le vin, en effet. Où
la pensée n'entre pas, le vin entre. La douane ne
sait pas que le vin vit; elle n'a garde de se défier
d'un étranger en bouteilles. La maligne et fine
communication que voilà : porter à tous, sans
défiance d'aucun, l'esprit, la gaîté, la bonté d'un

---

[1] TOUSSENEL. *Opinion Nationale.*

peuple en leur portant son vin ! Leur infuser, sans
parler ni écrire, ses idées, son caractère, sa façon
de croire, de juger, d'aimer et de haïr! Comment la
guerre tiendrait-elle longtemps à ces irrigations
généreuses, quand déjà tant d'armées n'ont eu
le désir d'entrer en France, tout simplement —
je ne parle pas des chefs — que pour y boire à
bon marché nos vins *libéraux* et illustres? Notre
vin donc, c'est notre première puissance; sa-
chons maternellement le soigner et l'élever, et
fraternellement en faire jouir chacun selon son savoir, sa soif et ses mérites. Nos arts, on les copie;
nos meubles, nos bronzes, on les imite; on drape
partout, comme chez nous, des arpents de soie sur
le fer des crinolines; on fait le porto et le bordeaux, on fait l'eau-de-vie *de Cognac*, on fait le
vin *de Champagne* en Angleterre, en Amérique et
en Russie; mais seule, la France fait naître LE
VIN DE BOURGOGNE. C'est pourquoi, du moins, il
nous faut l'avoir toujours bon, celui-là, et le répandre toujours authentique et pur : c'est notre
devoir et notre honneur. Il y aurait crime à altérer ce vin, notre nationalité, comme il y aurait
crime à laisser dégénérer la plante qui le donne :
que les marchands et les vignerons se le tiennent
pour dit. Frelater notre grand vin, c'est frelater
notre verbe; le mélanger et le couper, c'est dé-

teindre et trouer notre drapeau; mal cultiver la vigne, c'est trahir le pays.

Ne laissons pas davantage la chimie toucher à cette nature. « Si les vins fins de Bourgogne ont quelques rivaux, ils ne sont surpassés par aucun, » dit Jullien : donc à quoi bon tourmenter et tripoter ce qui est excellent? « Les vins des premiers crus bourguignons de bonne année réunissent dans de justes proportions toutes les qualités qui constituent les vins parfaits, ajoute le grand œnographe; ils n'ont besoin *d'aucun mélange ni d'aucune prépara-tion* pour atteindre leur plus haut degré de perfection. Ces *opérations*, que l'on qualifie dans certains pays de *soins qui aident à la qualité*, sont toujours nuisibles aux vins de la Côte-d'Or. Ils ont un bouquet qui leur est propre et ne se développe qu'à son heure : c'est les altérer que d'y introduire d'autres vins, quelle qu'en soit la qualité. Il ne convient même pas de les mêler ensemble; car la réunion de deux vins de la première classe serait suivie de la perte de leur bouquet et ne produirait plus qu'un vin inférieur à ceux de la seconde et même de la troisième classe [1]. »

Le commerce n'a pas toujours eu ces idées-là quant à la pureté des grands vins : le commerce

---

[1] A. JULLIEN, *Topographie de tous les vignobles connus.*

s'est trompé. On peut vendre toute sa vie une
chose et ne pas la connaître; le désir de gagner
de l'argent, très-légitime en soi, tient sans cesse
nos oreilles ouvertes aux conseils intéressés des
faux savants. Qui ne se laisserait point prendre à
l'espoir naïf de multiplier, en l'améliorant, une
somme donnée de produits précieux; d'engendrer
des perles, par exemple, ou de gonfler des dia-
mants? Les gâte-cornues de laboratoire, les mar-
mitons de la science n'avaient point confié aux
négociants plus qu'à la douane que le vrai vin,
considéré dans sa nature générale, est un *être orga-
nisé vivant* [1]. La raison, c'est qu'ils ne le savaient
pas. Or *couper* un être vivant, c'est le mutiler,
tout au moins! le mêler à un autre, c'est faire un
cadavre ou un monstre; prétendre, comme le Pro-
méthée de Chamirey, le composer de toutes pièces,
c'est outrager la création. « Si au bout de quelques
semaines, dit le savant physiologiste que nous
citons, vous ouvrez la barrique qui le contient,
vous le trouvez, il est vrai, dans une immobilité
apparente. Mais ne vous en tenez pas à cette
première impression, et vous constaterez que le
vin, depuis sa naissance, qui date du moment
de sa formation, jusqu'à sa vieillesse la plus avan-

---

[1] P. GAUBERT. *Étude sur les vins et les conserves.*

cée, présente une suite continue de *transforma-tions* qui ont pour résultat : 1º des modifications dans sa composition; 2º des différences dans sa couleur, sa saveur, son odeur; 3º qu'en outre, *comme les autres corps vivants*, il est sujet à des maladies, dont les unes sont passagères, de simples indispositions, et les autres le dénaturent pour toujours; 4º qu'enfin, après un espace de temps qui varie de une ou deux années à un siècle et plus, il arrive *à la mort naturelle*, dépouillé, usé, ne laissant plus qu'un corps dénué de toutes ses propriétés caractéristiques. »

Résumerait-on autrement les phénomènes de la vie de l'homme? Loi éternelle de l'unité, quel bon jour te comprendrons-nous?

Quant à ceux qui, *sachant tout cela*, persistent néanmoins à vendre des boissons fraudées; et, corsaires de la vigne, assassins du vin, greffant l'ignorance du consommateur sur la complaisance forcée du producteur, attentent encore effrontément et tranquillement à la bourse et aux intestins des honnêtes gens, leur trafic est à bout, Dieu merci! et la propriété leur vassale, dont ils avaient fait leur complice, s'affranchira tôt ou tard de leur dépendance usurière. Des hommes honorables, à l'indignation sincère, ont attaché le grelot; des compagnies tutélaires se sont établies; l'attention

publique est éveillée; l'opinion s'éclaire et se
prononce; le mensonge a fait son temps et la
vérité se lève. Habitués à leur vie de troglodytes,
malsainement et malproprement dépensée dans
une caverneuse toxicologie, ces confiseurs souterrains, ces brasseurs de vin lucifuges ne se dou-
tent pas que dehors il est jour et que là-haut
l'enquête se fait. Laissons leur cécité s'arranger
avec leur conscience, et confions-nous pour sauver
le vin à la force des choses. Détournes en attendant
ton regard de ces misères, cher lecteur, et suis-
nous! voici quelque part un lieu grand et noble où
jamais l'on ne se prêta aux méchantes pratiques
des apostats de la Bourgogne.

II

Au tiers environ de la Côte-d'Or, en venant de Dijon, quelques kilomètres avant Nuits, entre le clos de Tart et les Musigny d'une part, de l'autre la Tâche, les Romanée et les Richebourg, en ce beau pays de bonne humeur, de bon accueil et de bon vin qu'on appelle Morey, Chambolle et Vosne, un manoir du seizième siècle est debout, inachevé, le dos à la montagne, regardant par ses vieilles fenêtres cinquante hectares de richesses. Ce manoir est le Capitole de la Bourgogne vineuse; le clos qu'il commande est le Clos de Vougeot.

Vougeot, ainsi nommé de la *Vouge*, jolie rivière où vivent des truites délicieuses, est, en vieux français, un *finage* assez petit, limité par Flagey, Gilly, Vosne et Chambolle, quatre voisins plus ou moins démembrés à son profit, car au commencement Vougeot tenait tout entier dans un brin de terri-

toire appelé la *Charmotte*, situé, m'a-t-on dit,
au-dessous de la vigne blanche de la Perrière.
Et encore cette mince Charmotte aurait bien fini
par disparaître un jour, sous les pieds et les mains
de gourmands limitrophes que l'abbaye de Cîteaux,
à qui elle appartenait, n'avait pas alors force ou
pouvoir de surveiller. Heureusement les magni-
fiques ducs de Bourgogne tenaient cour souvent
à Dijon ou à Beaune; et dans leur hospitalité
royale, il leur plut de faire bâtir en ce lieu des
hôtelleries pour les ambassadeurs et les courriers,
comme étant là le point le plus commode entre les
deux villes. Autour de ces hôtelleries armoriées,
la spéculation particulière mit d'humbles maisons
à loger, à manger et à boire, et le village actuel naquit. Ainsi de toutes les fondations. Où le
grand s'est assis les petits viennent : les grands
ont leurs rayons comme le soleil.

Dire à quelle époque l'abbaye de Cîteaux com-
mença d'être à Vougeot propriétaire de quelque
chose serait aujourd'hui assez difficile. Le temps,
les révolutions et l'insouciance ont rongé ou dis-
persé cette origine comme tant d'autres ; et il n'y a
pas encore longtemps que le propriétaire actuel
du Clos de Vougeot retrouvait chez lui-même un
morceau de ses archives, découpé en rond de par-
chemin sur un pot de confitures. L'épicerie a acheté

l'histoire au poids du vieux papier; ce n'est pas chez Sylvestre, c'est chez la fruitière qu'il faut chercher les titres autographes. Nous savons tout au plus qu'au douzième siècle, ou à peu près, les terres qui composent le Clos étaient en grande partie des friches sans valeur et sans culture, appartenant, par hasard ou justice, au prieuré de Saint-Vivant, si peu fier alors de leur possession qu'il les avait abandonnées à tout venant, s'y réservant seulement le droit de dîme en cas de future production quelconque. Saint-Vivant était en ce temps une moinerie puissante, qui habitait et possédait Vosne, où neuf hectares et demi de Romanée portent encore à présent son nom. C'est ce qu'il en reste. Tout passe.

Or, en l'année chrétienne 1086, Eudes Ier, duc de Bourgogne, et Raynald ou Réginald, vicomte de Beaune, touchés par le remords ou par la grâce, avaient fait don à Robert, abbé de Molèmes, et à ses religieux, d'un désert dans les bois appelé *Cistercium*, aux fins d'y bâtir un monastère. De *Cistercium* la langue a fait Cîteaux. Les religieux de Molèmes furent donc les religieux de Cîteaux, et, plus tard, les Bernardins de Cîteaux, quand Étienne Hardinge, troisième abbé de Cîteaux, eut respectueusement accueilli et filialement adopté le réformateur saint Bernard. Peu nombreux d'abord, tra-

vailleurs réguliers, diligents, pieux, sobres, adroits
et modestes, ils embaumèrent le pays de leurs
prières et de leurs œuvres; si bien qu'à la ronde,
les vieillards à qui le passé pesait, la châtelaine
ayant son époux à la guerre, la mère pour gagner
le paradis à son enfant mort, apportaient à ces in-
times de Dieu l'agrandissement progressif de leur
enclos. Possession est mère nourrice d'ambition. A
mesure qu'on reçoit, on veut recevoir. Les moines,
si journellement élargis, se trouvaient naturelle-
ment à l'étroit de plus en plus. Ils se donnèrent de
même ou plutôt se firent donner peu à peu tout,
depuis Meursault jusqu'aux portes de Dijon, et il
y a loin! Et quand ils eurent fait de Vougeot le
beau vignoble et le bon domaine que voici, il leur
fallut ce qui allait de Vougeot à Cîteaux; l'abbaye,
pour monter à ses vignes, voulant ne passer que
chez elle. Ils achetèrent donc Gilly aux moines de
Saint-Germain et eurent, dit-on, grand'peine à le
payer: un abbé tel que celui de Cîteaux, qui gou-
verna depuis trois mille monastères d'hommes et de
femmes, devait au moins s'endetter comme un
jeune homme et dépenser comme un roi. Gilly fut
leur maison séculière au quatorzième siècle, maison
qu'ils armèrent et fortifièrent, à cause de la guerre
et des voisins; ce qui fit malheureusement deux
châteaux en ce même lieu: l'un aux Devienne, barons

de Montbis, l'autre aux prieurs de Gilly, pour la plus grande désolation et extermination du peuple, grain d'orge broyé entre ces deux meules jalouses. Et alors les plus maudits ne furent pas les hommes d'épée ; le froc, à ce qu'il paraît, était plus dur que la cuirasse au paysan éperdu. Charitables tant qu'ils avaient été pauvres, les enfants de saint Bernard étaient devenus méchants aussitôt que riches. « *Ils tourmentaient et violentaient les habitants plus que ne firent jamais des laïques,* » dit la chronique de ces temps, un peu surfaits, vraiment, par ceux qui les regrettent.

Enfin, après des siècles de querelles, de procès, d'insultes, des monceaux d'argent perdu, des mers de sang répandu, la crosse eut raison de la hache d'armes, sur le conseil de Charles *le Guerrier*, celui que nous appelons le Téméraire, qui, tout ému de voir ainsi se déchirer sa Bourgogne, dit à son feudataire de Gilly, Guillaume Devienne, de vendre aux moines le château pour ce qu'ils en voudraient donner. Aussitôt que ceux-ci le tinrent, ils le démolirent avidement ; et le cher pays n'eut plus qu'une justice, celle de l'abbé, haute et rude, qui, d'elle-même, brûlait vifs les hérétiques et les sorciers, c'est-à-dire tous ceux qu'elle voulait, dans les pauvres gens, bien entendu. En reconnaissance des bons offices du duc, Jean de Cirey, l'abbé régnant, abandonna sa cause d'abord qu'il fut mort, et se mit avec Louis XI contre la jeune Marie, l'héritière orpheline. Il fallut pour cela faire la guerre aux habitants, restés bourguignons en leur ignorance de la politique. Nouvelle misère pour les vilains, comme toujours. Puis on ne parla plus guère de la turbulente abbaye jusqu'au temps de la Ligue, où, comme de raison, elle tint contre le royal huguenot qui n'avait point encore dit que Paris valait bien une messe. Mal en prit cette fois aux bons moines : on ne prévoit pas tout. Un Bourguignon plus que salé, Tavannes, était l'homme damné du Bourbon; il brûla Gilly, le sacrilége! et n'y laissa quasi que les voûtes. Cela valait bien une soumission, et on la fit. Nicolas Boucherat II, cinquante-unième abbé, homme doux et pacifique, releva le manoir de ses ruines sous Louis XIII, non plus en forteresse proprement dite, mais en *maison de plaisance*, comme on les faisait alors aux puissants, avec fossés, grenouilles et ponts-levis. L'inauguration de l'édifice nouveau fut assez triste. Les Croates de l'Empereur battaient le pays; repoussés de Saint-Jean-de-Losne par l'héroïque défense dont la Bourgogne est si fière, ils vinrent jeter leur rage, et aussi leur soif sur Gilly d'abord et Cîteaux ensuite : mauvaise affaire! Puis il y eut la Fronde, guerre civile élégante et détestable, qui mit bien du monde sans

pain tout autour de là. Enfin, la réunion de la
Franche-Comté à la France permit à la Bourgogne
de respirer un peu. Elle n'était plus frontière des
conquérants ; à d'autres de porter ou supporter les
premiers coups. C'était toujours cela de gagné.

Alors, Cîteaux redevint prospère, et Gilly fut
splendide. Avec d'autres temps d'autres mœurs.
L'hospitalité remplaça la bataille ; les salles d'armes
s'étaient changées en cuisines. Au lieu de lances des
broches, l'entonnoir au lieu du mousquet. La règle
austère de saint Bernard avait fui pendant la guerre,
et personne, ma foi, ne sut où la reprendre. Vive
la paix ! Les beaux abbés, bien mis, attirèrent les
belles dames ; le bon vin ouvrit à la joyeuse science.
Pendant le festin la musique, l'une aidant l'autre,
d'église ni l'un ni l'autre. Le matin peu d'offices ;
le jour durant grande chasse, grand jeu, grande
table ; la nuit tout ce qu'on voulait. *Bernardin* de-
vint symbole d'embonpoint, de gourmandise et de
belle humeur. Plus d'exactions, plus de rigueurs :
on prenait l'amende des vassaux sur la joue des
vassales ; les prisons étaient des caves. On gardait
bien le maigre en carême et les vendredis, mais
c'était pour vendre le poisson de l'abbé : encore
était-il permis de mettre du lard dans la matelotte.
Les *meurettes* de la Côte-d'Or ont gardé cette tradition religieuse.

1789 mit fin à des relâchements dont frémissaient les vieilles mémoires. La révolution licencia les moines, et Gilly, devenu propriété nationale, fut vendu avec le Clos de Vougeot à un marchand de bois de Paris. Quelle chute !

Aujourd'hui, la maison d'été des religieux de Cîteaux est à M. Ouvrard. Le temps a bu l'eau des fossés et mangé les grenouilles ; le pont-levis ne se lève plus. Le logis abbatial, resté tel que Nicolas Boucherat II l'avait voulu, dans les belles et larges conditions mobilières d'un intérieur Louis XIII, avec ses vastes lits à pentes de damas, ses fauteuils spacieux à y asseoir deux hommes, ses boiseries gauloises en chêne, ses anonymes chefs-d'œuvre en dessus de porte, s'ouvre aux hôtes du propriétaire actuel moins magnifiquement peut-être. mais non moins courtoisement à coup sûr. Il y a quelque chose de saisissant à regarder en ses immenses restes sur lesquels tant de générations ont pleuré, cette *maison de plaisance,* fière comme une citadelle, grande comme un bourg, ayant dans sa cour une église ainsi que les nôtres auraient une fontaine, et qu'un million ne réparerait pas, jadis bâtie cependant pour les loisirs de moines qui avaient fait vœu de pauvreté. Que de façons on eut toujours de transiger avec Dieu et les hommes !

III

Nous ne savons guère mieux quand les moines de Cîteaux commencèrent à cultiver la vigne. La Perrière fut-elle leur première possession et leur premier essai? peut-être. Leur possession, comment? Par acquisition, ce n'est pas probable. La communauté alors était vraiment trop bien dans les limites du vœu de ses membres, elle que nous voyons au douzième siècle demander grâce pour ses dîmes à l'abbaye de Saint-Germain, qui les lui diminuait par charité! Si donc les abbés de Cîteaux ont eu d'abord la Perrière, c'est qu'elle leur aura été donnée; comme une partie du champ de *Musigné* (Musigny) qui y touche, leur était donnée par Pierre Gros, chanoine de Vergy; comme la vigne *versus Vaonam*, par Hugues le Blanc, chevalier, et sa famille; comme une autre, contigüe, par Liébaut, de Magny-les-Villers; comme enfin leur furent

donnés de même, par Walo Giles, chevalier de
Vergy, Eudes le Gras et Eudes le Vert, le terrain
sur lequel on bâtit plus tard l'illustre cellier du
Clos, et la vigne au-dessous de ce terrain : « *Vineam
quam habemus subtus prædictum cellarium nobis
contulerunt Odo, cognomento Viridis, et Odo Crassus,
et uxor ejus, et filii eorum,* » disent les cartulaires.
C'était à qui donnerait aux moines. On avait son
âme à racheter tout comme à présent ; or, une
vigne, en de tels climats, ne laissait pas que d'être
une assez belle mise au tronc du salut éternel.

Ce joli noyau obtenu, Cîteaux regarda comment
le vin s'y faisait, et vit que c'était médiocre, qu'on
gâchait la terre et le jus. Alors des moines furent
institués vignerons : non pas des *profès*, faisant tout
eux-mêmes, cela eût trop dépeuplé l'abbaye, mais
des religieux demi-laïques, des frères convers,
chargés de former des élèves selon la grande doctrine de la sage et naturelle vinification. Un cellier et des pressoirs, voilà sans doute toute la
dépense pour le moment. Le duc de Bourgogne
Eudes II, pénitent mourant en 1162, voulut, avant
d'expirer, confirmer les donations faites à l'abbaye
par ses pères ; il lui remit donc tout ce qu'elle
pouvait devoir de droits ducaux sur les vignes
à elle données dans Vosne et *Flagey* — ce qui
aujourd'hui constitue le Clos de Vougeot était

alors sur Flagey. — Deux ans après, le pape Alexandre III, étant à Sens, et ayant reçu de Cîteaux je ne sais combien de futailles en hommage, déclara prendre sous la protection de saint Pierre l'abbaye, ses dépendances, ses vignes et ses celliers, *en toute franchise*. Si bien que, très-longtemps plus tard, le bailliage de Nuits, invité par les bons moines à vérifier leur cote, remit en honneur ces deux vieilles paroles de duc et de pape, et fit les possessions de Cîteaux *hors de ban et exemptes de garde*, « imposant, sur ce, silence au procureur du duc en la prévôté de Vosne, et lui défendant d'inquiéter désormais ladite abbaye. »

En règle avec Rome et Dijon, il ne restait plus aux moines qu'à gagner les bonnes grâces de leurs frères de Saint-Vivant, ou de Vergy, comme on voudra les appeler : ils réussirent à cela comme au reste, puisque la dîme fut, par contrat public, humblement fixée à *quatre sols* annuels par dix journaux, soit trois hectares et demi, de toutes les vignes que devait contenir l'enclos. Voilà ce qui s'appelle savoir faire ses affaires. Les frères de Saint-Germain furent moins coulants, et bien à tort : lutter avec Cîteaux ! on voit que ceux-ci vivaient dans les livres. L'histoire raconte qu'en 1485, Jorraud, sergent à cheval au Châtelet de Paris, et le frère Henry de Cuissy, religieux de Saint-Ger-

main-des-Prés, vinrent un jour au cellier du Clos
pour assurer, disaient-ils, le paiement de certains
arrérages fort anciennement dus par Cîteaux audit
Saint-Germain. Le cellerier leur ayant refusé l'entrée, comme de juste, voilà qu'ils vont, ès-noms
qu'ils agissaient, prendre du monde à Morey et à
Chambolle, reviennent en force, brisent les portes
et saisissent le vin. Mais, dans l'intervalle, un
homme à cheval était allé à Dijon pourvoir l'abbaye
devant le bailli. Celui-ci vint aussitôt, de sa perru-
que et de sa personne; et ayant examiné les titres
qui accordaient la franchise et l'immunité au cellier
de Vougeot, il se découvrit la tête, requit le sergent
à cheval de lui tenir les clous et le marteau, et atta-
cha les armes du roi de France sur la porte. en présence des saisisseurs consternés, déclarant fautif
de lèse-majesté humaine et divine quiconque à l'avenir violerait cette clôture deux fois sainte. De quoi
acte fut donné au fonctionnaire de Cîteaux, à qui
les pauvres gens de Chambolle et de Morey demandèrent pardon en pleurant et tremblant, afin surtout qu'il ne les fît point tomber dans les censures
décernées contre les infractaires des priviléges ac-
cordés par les papes.

Elles y restèrent, ces armes tutélaires — et ici
nous laissons parler les contemporains — « jusqu'à
ce que dom Jean Loysier, abbé de Cîteaux, changea

toute la disposition du vieux cellier pour lui substituer, en l'année 1551, une maison de plaisance ou
château, trouvant sans doute celui de Gilly trop
modeste. Et, quoi qu'il dût, *pour toutes sortes de
raisons*, faire lui-même profession de modestie, il
voulut laisser à la postérité un monument authentique de son faste et de l'inutile emploi qu'il avait
fait du patrimoine du Crucifix, acquis et augmenté
par les secours et les travaux des saints, au lieu de
l'administrer fidèlement et prudemment comme le
prescrivait son illustre prédécesseur dom Jean de
Cirey : *Patrimonium Crucifixi sanctorum Patrum
sudoribus et meritis commutatum fideliter ac pru-
denter ministrare*. En sorte qu'en place des augustes
marques de la protection royale, on voit sur la porte
les armes dudit dom Loysier, avec autant de magnificence et de distinction que si les sommes immenses employées à cette construction insolente
eussent été prises sur les propres biens et deniers
dudit abbé. »

. Nous reviendrons sur la renaissance architec-
turale du vieux manoir vigneron, lieu suprême de
franchise et d'asile, dont les abbés et leurs religieux
étaient reconnus seigneurs *en toute justice haute et
basse*. Tant d'éclat, tant de garanties, et plus tard
tant de luxe, n'auraient pas signalé, honoré, pré-
servé ce domaine, s'il n'eût été de notoriété pu-

blique qu'on y faisait le meilleur vin du monde. Une belle tradition à suivre ; un noble rang à conserver.

Dans le peu qui reste de documents relatifs à la formation de l'écrin vinicole de l'abbaye, et dont nous devons la communication à l'hospitalière obligeance du propriétaire actuel, nous avons trouvé, outre ceux ci-dessus cités, les noms suivants de donataires ou vendeurs de vignes aux abbés pour les douzième, treizième, quatorzième et quinzième siècles. La magnificence du tout dont on leur doit les parties mérite bien à ces noms un peu de postérité. Voici. Parise, de Vougeot, et Pétronille, sa femme ; Gauthier, de Gilly, dit Rosselas, et Marie, sa femme ; Pariset, de Vougeot, et Pernette, sa femme ; Odo Marey, de Vougeot (un grand nom), et Guillemette, sa femme ; Henriet, de Villebichot ; Gautier Potot, de Vougeot ; Pierre, curé d'Eschaux ; Meline, de Villebichot ; la veuve Masson ; Etienne, chanoine de Beaune ; Pierre Poutot ; Perrin Bouhier, ès Echezeaux ; Mongenet, idem ; André Masson et Clémence, sa femme ; Jean Raymond ; Jean Arduennez ; Huguenin de Saint-Loup ; Jacques Mariette ; Denizet ; la veuve Fichansoin ; Marceau Bratechet ; Pernette Fideret ; Etienne et Marguerite Fideret ; Hugues Lemoissenot ; Henri Simonet ; Pierre Raymond ; Louis Dechazan ; la veuve Pierre Guibert.

Il convient de remarquer qu'en ces temps féo-
daux l'usage était de mettre hypothèque sur les
biens des vassaux pour la dîme et la cense, et de
s'en emparer en cas de non-payement. Quelques
vignes ci-dessus ont dû s'acquérir ainsi. Au nombre
des climats englobés dans le Clos au moyen de
ces dons et acquisitions droites ou torses, on cite
les Eschonay, le Quartier d'Escoilles, le Quartier du
Porchier, le Pertuis-au-Cugne, Musigny-Melot, De-
vant-la-Maison, à la Porte-Saint-Martin, le Conroy-
des-Echezeaux, la Combotte, le Quartier de Maire-
au-Musigny, les Echezeaux, le Buchilier, aux Côtes,
le Quartier du Tites, au Châtrel, etc. Tous ces noms
de climats ont été absorbés par ceux qu'on distingue
encore aujourd'hui et qui sont comme les divisions
territoriales de la vendange : petit et grand Mau-
pertuis, Maret haut et bas, Plante-l'Abbé, Garenne,
Musigny-Chioures, Dix-Journaux, Quatorze-Jour-
naux, Montiottes hautes et basses, Bandes-Saint-
Martin nord et sud [1], etc.

Il résulte du procès-verbal de l'arpentage du
Clos, dressé le 25 février 1604, en présence de
Mᵉ Cocquille, notaire, la reconnaissance de 122
journaux de vignes — le journal est aujourd'hui de

[1] Dʳ LAVALLE. *Histoire de la vigne et des grands vins de
la Côte-d'Or.*

34 ares 28 centiares ; il mesurait un peu plus alors
— « lequel clos de 122 journaux le religieux gou-
verneur de Gilly fait valoir, de même que les cantons
appelés le *Petit-Vougeot*, consistant en huit journaux de vignes noires. C'est tout ce que Cîteaux
fait façonner au finage dudit Vougeot. »

IV

Le sol du Clos de Vougeot est un calcaire oolithique. C'est le même à peu près dans tout le bon vignoble haut bourguignon, la Côte-d'Or étant de terrain jurassique et montrant partout l'oolithe en couches parmi les *strata* du calcaire qui la compose. Oolithe veut dire littéralement *pierre en forme d'œuf*, ou pétrification de coquilles ayant cette figure. La mer était là jadis : où les vagues couraient les vignes montent, à 265 mètres plus haut qu'alors. La terre végétale contient de la silice et des carbonates. Terre à bon vin dessus et dessous : vrai sol natal des plants de races victorieuses.

Le plant est du pinot. Pinot noir, pinot gris, pinot blanc. Nous ne pouvons mieux décrire ce plant fameux que d'après M. le comte Odart, le patriarche de l'ampélographie. Les pinots forment dans tous les pays où ils sont cultivés, la base ou le fonds des vignobles ayant le plus de réputation. Il faut cependant en excepter la Gironde, qui s'arrange d'un autre genre de plant et s'en trouve bien, à ce qu'il paraît. Les pinots sont l'honneur de la Bourgogne et de la Champagne, de la Franconie et de la Hongrie. On les connaît à peine dans notre midi, et encore moins en Italie et en Espagne, à cause de leur peu de rapport, et du raccourci de leur végétation, si contraire aux habitudes *hautaines* et mauvaises de la culture en pays chauds.

Le pinot n'est, en aucune façon, l'affaire des pays *à quantité*, où la fertilité est le premier mérite d'une vigne ; et quand Sauval écrivait de Paris, « Ville située au milieu des plus excellents vignobles de la France, » et d'Argenteuil : « Village béni, produisant des vins délicieux à n'être servis que sur les tables royales, » il est probable que Sèvres et Suresnes n'étaient point plantés comme ils le sont aujourd'hui, et que les meilleures années d'Argenteuil donnaient moins de cinquante mille pièces. Dans la Bourgogne même, et c'est chose triste à dire, la culture des pinots se restreint plus qu'elle ne s'étend ; le *mâlain*, l'*arcenant*, le *bévy*, la vigne aubergine, la grappe cucurbitacée éteignent et noient de leur fange verdâtre ou brunâtre le cristal du *chardenai*, la topaze du *burot*, l'escarboucle du *noirien*. « Il faut du vin pour le commerce, » disent les vignerons maraîchers, sans songer, les imprévoyants, que leurs raisins-légumes aux baies vésicaires, aquatiques, ne mûrissent jamais; et que, veuille un jour — chose qui se fera — le bon sens entrer dans la tête de ceux du Languedoc ou du Roussillon, les chemins de fer aidant, ils seront tous ruinés. Ils ont arraché le plant fin et mis du gamai à la place, les sages! — Bah, disaient-ils, l'orfèvre est loin, l'œuf est lent à venir ; voici que le coquetier passe, tuons la poule! D'ailleurs, elle ne pondait pas toujours d'or, et la quantité arrive au même compte que la qualité : dix pièces à cinquante francs ou une à cinq cents, qu'importe? Mille décimes font toujours vingt écus! — Voilà le calcul du paysan, en Bourgogne et partout. A qui la faute? Pas à lui seul; demandez à l'usure, demandez à l'impôt.

En Touraine, où quelques-uns s'y connaissent, deux communes vignobles seulement ont les pinots de Bourgogne en majorité, sous le nom générique et respectueux de *plants nobles faisant du vin noble*. L'autre pinot prétendu, naturel au pays, n'y ressemble pas du tout.

Ce plant d'élection est particulièrement propre à nos climats tempérés de France, entre le 45e et le 50e de latitude. Il donne là tout ce dont il est doué. Néanmoins, on pourrait en faire de très-bon vin dans les contrées méridionales : mais ce vin différerait du nôtre. Il n'aurait pas la légèreté, la fraîcheur, le *coulant* du vin de Bourgogne ou de Champagne; il serait doux, aromatique, *médicinal* pour ainsi dire, à laisser en boire un petit verre ou deux, au lieu d'une bouteille; comme, par exemple, le vin royal de Constance ou du Cap, fait de plants qui furent jadis bourguignons, ou l'illustre vin de liqueur de Reggio, si vanté par Spallanzani, et de même origine sacrée. Bourgogne, bonne vieille aïeule, ce n'est pas dans ta maison qu'on t'honore le plus!

On reconnaît les pinots vrais au signalement suivant. Sarments grêles et allongés, d'une grosseur égale du commencement à la fin; en hiver, écorce brune ou gris brun. Feuilles assez grandes, un peu rugueuses dessus, nues et non cotonneuses dessous; lobées parfois, mais à découpures peu profondes : tombent des premières. Grappe petite, à grains ronds et petits. Vin de couleur vive et foncée. — Ceci est le pinot noir, ou *noirien*. — Le pinot gris ou *burot*, même famille, est tout à fait semblable au céleste plant de l'Hégyallia, qui fait le vin de Tokaj. Le pinot blanc, *noirien blanc*, chardenai ou chaudenai, fait les Montrachet, les Meursault, les Pouilly : il a la grappe petite, allongée, les grains presque ronds, peu serrés, marqués de points bruns, bien dorés.

Quand le propriétaire actuel, M. Jules Ouvrard,

vint pour la première fois au Clos, en 1820, il le trouva planté de trois cinquièmes en vignes rouges et de deux cinquièmes en vignes blanches. Longtemps on avait fait au Clos des vins blancs célèbres, qui se vendaient le même prix que les rouges. On mélangeait aussi les deux grains dans la cuvée, à la manière des anciens vinificateurs de Volnay. Depuis 1820, la culture des vignes blanches a été supprimée graduellement, et elle ne compte plus guère que pour un vingtième. Le vin y a perdu un peu de finesse, mais il est plus corsé, plus fort, plus généreux : toutes qualités premières, capitales, impériales. La *délicatesse* n'est point une vertu souveraine, et le vin du Clos de Vougeot est le souverain de la côte.

Cinq ou six cents pieds de burot, *pinot gris*, diaprent ce grand tapis de grappes noires, et jettent au travers leur arome pénétrant.

Donc le vin du Clos est plus puissant qu'autrefois, et on en fait davantage. Au temps de Cîteaux, le prieur eût passé en voiture la revue des ceps, et des allées rayaient le Clos comme un parc. C'était vraiment une offense à cette terre trésorière, et nous approuvons fort la propriété actuelle d'avoir utilement comblé les fastueuses ornières abbatiales. Il s'en faut encore, et de beaucoup, que le plant y soit dru comme en certaines parties de la côte, où l'avidité du nombre abstrait parfois l'air et le soleil. Ce n'est ni un excès, ni l'autre : c'est une raisonnable et saine répartition du sol. Ainsi, la complète récolte rend en moyenne treize hectolitres à l'hectare, tandis qu'elle rend vingt hectolitres de même plant dans le reste de la côte de Nuits. La plus forte vendange de ce siècle a été en 1835, sept cents pièces, soit 1596 hectolitres ; la plus pauvre en 1816, CINQ PIÈCES! La moyenne est de 350 environ. Cette année on a fait 340 pièces. En 1858, on en avait fait 515, du meilleur qu'il soit possible d'imaginer.

V

La qualité du vin du Clos est tout à fait excep-
tionnelle. Ce vin ne ressemble à aucun autre vin, et,
comme nous l'avons dit ailleurs [1], qui en a bu une
fois le reconnaîtra toujours. Superbe de couleur,
spiritueux, étoffé, savoureux, vigoureux et souverai-
nement digestif, il possède un bouquet particulier,
unique, que beaucoup comme nous ont attribué au
mélange des climats résumés aujourd'hui et fondus
dans son admirable panthéologie. M. Ouvrard n'est
pas tout à fait de notre avis. Selon lui, la spé-
cialité de goût du vin du Clos résulte de l'ancienneté
des souches mères que jamais on n'arrache, qui
toujours restent dans la terre et s'y consomment, lui
rendant en mourant le plus possible de ce qu'elle leur
avait donné. Cette *personnalité*, pour dire le vrai

[1] *La Côte-d'Or à vol d'oiseau.*

mot, qui en nul autre peut-être n'éclate aussi visible et aussi franche, dépend de l'immuable constance des mêmes procédés dans la culture, préceptes traditionnellement conservés et religieusement observés. Depuis les moines on a fait comme faisaient les moines : le *magister cellarii* s'appelle aujourd'hui le *chef tonnelier* ; dom Goblet est remplacé par M. Roux, ni plus ni moins. Quoi qu'ait risqué d'en dire un calomnieux voisinage, jamais l'engrais animal n'a souillé la terre sainte que voilà. Tout l'amendement y consiste à reporter en haut l'humus que les alluvions ont fait descendre tout chargé de détritus et de sels, et à déposer au pied des jeunes ceps de la *genne*, ou marcs de raisin *brûlés*, c'est-à-dire distillés pour en faire une eau-de-vie qui n'est pas bonne, mais qu'on aime dans le pays, grâce à l'aveuglement du patriotisme et au perfectionnement des alambics. L'accusation de pousser au provignage n'a pas plus de fondement. Le provignage est, comme on sait, le renouvellement de la vigne. C'est par la juste proportion gardée entre la quantité des vieux ceps et celle des nouveaux que l'on obtient la constance de l'espèce et de la qualité. On provigne en creusant une fosse, dans laquelle on couche une jeune pousse, laquelle s'enracine par la base de sa courbure sans cesser pour cela de tenir à la souche mère. C'est ce qui s'appelle un *provin* : dès qu'il rapporte, il devient *cep* : ce que l'on dit *vieux cep* est donc à la longue tout simplement un vieux provin, ou un provin moins jeune. Or, dans beaucoup de vignes, on donne au vigneron tant par provin ; ce qui peut et doit l'intéresser à la multiplication, sans vraiment que le reproche en soit bien à lui. Le Clos, au contraire, procède par forfait de culture en son ensemble ; et le vigneron n'y a point de profit à provigner plus qu'il ne faudrait. Le provignage au Clos de Vougeot est fait au *vingtième*, c'est-à-dire vingt provins par ouvrée, d'année en année, par aménagement d'âges. Vingt provins par ouvrée font 160 par journal, ou 350 par hectare. L'hectare compte 20,000 ceps environ : le Clos de Vougeot enferme donc UN MILLION DE VIGNES. On donne à la vigne quatre *façons*, selon l'usage général de la Bourgogne. Et voilà toute la culture.

Faisait-on autrefois plusieurs cuvées au Clos ? Vendangeait-on et fabriquait-on séparément les trois zones ? Y avait-il vraiment cette illustre et fabuleuse cuvée d'en haut qu'on ne vendait pas, et que l'abbé se réservait pour en faire des cadeaux à son duc, à son roi, à son pape ; comme Jean de Bussières entre autres, à Grégoire XI qui, pour trente pièces envoyées, je crois, en 1371, le fit cardinal quatre ans après, le temps de mettre en bouteilles ? C'est possible ; mais rien ne le constate. Comptes, mémoires, tout a disparu. La tenue des livres est absente. Cependant il reste à la connaissance de tous un grossier ensemble historique, une masse fruste de faits, où rien n'établit le fait des trois cuvées. Il est dit, par exemple, que l'abbaye de Cîteaux buvait douze *queues* de vin par mois (vingt-quatre pièces), mais c'était du vin de dîmes et de censes *où le vin du Clos ne figurait en rien.* L'abbé seul avait de celui-ci sur sa table; ainsi l'établit la libre et dolente chanson des moines, *Kyrie, dans la chambre de notre abbé.* S'il y avait eu trois cuvées au Clos, ne trouverait-on pas un peu de la troisième, qui serait l'inférieure, dans cette consommation annuelle de 650 hectolitres? A la saint Martin, on faisait le prix du vin de l'année pour la contrée; c'était l'abbaye qui se donnait ce droit, comme aujourd'hui les hospices de Beaune pour la côte de Beaune : le Clos et Chambolle primaient entre tous les autres, ils s'appelaient *les excellents* et passaient avant Chambertin comme avant Nuits; il n'est pas parlé de telle ou telle cuvée du Clos. Le concierge de Vougeot recevait par an une hémine et demie de blé et *deux feuillettes de vin* : ce vin était-il du Clos? Pas du tout. Un fragment retrouvé des comptes de Cîteaux donne le prix du vin de Vougeot en 1367 et 1368; les archives de Nuits nous l'ont gardé, rouge et blanc, de 1660 à 1789 : *sept francs* la queue en

1367, 350 francs en 1777— le franc de 1357 était le double louis de 1777— pas question d'une différence de cuvées. Qu'est-ce donc qu'on faisait de la troisième? Est-ce à dire que l'on vendangeait en trois fois, et qu'on mêlait ensuite tous les moûts? Rien ne le prouve non plus. Quant à ce vin d'en haut qne l'abbé donnait et ne vendait pas, nous savons que tous frais faits et l'entretien de Gilly payé, Cîteaux gagnait à peu près la moitié nette du produit des vins du Clos; et si c'était là, en effet, le meilleur revenu de l'abbaye, il est probable qu'elle ne s'en montrait pas si généreuse. Qu'il y eût une réserve des bonnes années dont on usait pour entretenir des amitiés précieuses, c'est une autre affaire. Mais ni cela ni le reste ne fait les trois cuvées; et nous tenons de M. Ouvrard lui-même, qu'au commencement de son exploitation il occupait à Vougeot un neveu du tonnelier des moines, lequel lui a affirmé que jamais, du vivant de son oncle ni du sien, il n'y avait eu plus d'une cuvée au Clos, excepté en la terrible année 1788, où le raisin d'en bas n'avait pas mûri du tout.

On ne fait donc au Clos et peut-être n'y a-t-on jamais fait qu'une cuvée, quelquefois deux. Une année, M. Ouvrard a pourtant essayé d'en faire trois, pour complaire à la tradition vraie ou fausse; et, comme de raison, il a convié les gourmets au juge-

ment des résultats. Plusieurs, chose étrange, ont
mieux aimé la cuvée du bas; le plus grand nombre a préféré le mélange des trois, comme donnant
mieux la saveur historique. Il faut croire, en conséquence, que les choses sont bien ainsi, et que rien
d'important n'aura été changé aux bases de culture
et de façon posées par les moines de Cîteaux, maîtres
des maîtres en agriculture, eux qui les premiers
chez nous firent une dignité et un art du travail
manuel de la terre, jusqu'alors bêtement et criminel-
lement dédaigné, laissé aux serfs comme une peine
et une flétrissure. Leurs fermes furent les fermes-
modèles, leurs granges, les granges-écoles de l'Europe ; et quand ils se mirent à la vigne, dont leur
austérité première les avait d'abord éloignés, ce fut
comme ils s'étaient mis aux champs, en savants, en
amateurs, en artistes. Eux seuls avaient lu, eux
seuls savaient; leur regard profond tirait l'horos-
cope du sol, leurs doigts magnétisés par le génie
sentaient le fruit naître sous l'écorce. C'est bien un
peu là le secret de leur puissance et du respect
tremblant qu'ils inspiraient. Ce qu'ils avaient dit
arrivait; ils étaient donc les confidents de Dieu
pour le pauvre monde, comme en leurs prédictions
plus grossières les bûcherons et les bergers étaient
les confidents du diable. Prophètes ou sorciers,
voilà tout le moyen âge.

Le lecteur trouvera ci-dessous le règlement de la culture du Clos. Certaines des dispositions de ce règlement portent encore leur cachet d'origine, et ce qu'on observe dérive identiquement de ce qu'on observait. C'est pourquoi nous pouvons dire avec assurance que nulle part en Bourgogne, ni peut-être en Europe, on ne cultive mieux qu'au Clos de Vougeot.

CULTURE DE LA VIGNE AU CLOS DE VOUGEOT

Immédiatement après vendanges, les échalas seront arrachés, aiguisés et mis en tas.

Labour. Il en sera donné quatre, savoir : le premier, immédiatement après que les échalas auront été arrachés ; le second, après la taille, à la fin de février ou au commencement de mars. Ces deux labours, *de bas en haut*, seront donnés le plus profondément possible ; par ce moyen, les ceps seront mieux rehaussés, la vigne plus parfaitement plantée, et elle restera mieux en place.

Le troisième labour sera donné à la mi-juin, selon que la saison sera plus ou moins précoce ; et enfin, le quatrième, après la moisson. Ces deux labours seront donnés comme on le pratique habituellement, de haut en bas.

Nettoyage. Le nettoyage consiste à ôter tous les chicots, brindilles et faux jets des ceps ; à réduire à une seule saillie ou branche de l'année ceux qui ne sont destinés ni à être provignés ni à fournir des greffes, et enfin à ne laisser à ces derniers que des saillies saines et vigoureuses, et de préférence les plus basses, à la longueur desquelles on ne doit rien retrancher.

Provins. Les provins étant les régénérateurs de la vigne, on ne saurait donner trop de soins à les bien faire. Le premier de tous est de s'assurer de la qualité du plant que l'on désire propager. Pour y parvenir, chaque vigneron, quelques jours avant les vendanges, doit parcourir les vignes qu'il cultive et marquer tous les ceps dont les raisins sont de bonne qualité, d'une belle forme et promettent d'arriver à une parfaite maturité; ce qu'il fera en attachant un brin de chanvre ou de paille au pied de chacun d'eux.

On peut commencer à faire les provins immédiatement après le premier labour; il convient qu'ils soient faits à la fin de mars. Ils ne seront composés que de deux ou trois ceps ayant chacun deux ou trois saillies.

Il sera fait vingt provins par ouvrée, ou cent soixante par journal. Les vignerons qui, sans y être autorisés, excéderont ce nombre, ne seront payés que sur le pied de vingt. Comme cependant il peut y avoir des vignes auxquelles il soit nécessaire d'en faire une plus grande quantité, lorsque cela arrivera, le vigneron en préviendra le régisseur, qui, après vérification, lui indiquera la quantité qu'il devra en faire.

Tout le travail relatif aux provins sera fait en saison convenable, jamais par le grand froid, non plus que pendant la pluie, mais un jour ou deux après, suivant qu'elle aura été plus ou moins considérable, la terre, en général, ne devant être remuée qu'autant qu'elle peut facilement s'ameublir.

Greffage. On doit greffer dans le courant du mois de mars. Trois motifs se réunissent pour introduire l'usage de la greffe dans le Clos; le premier, pour remplacer le raisin blanc par du rouge là où ce dernier domine d'une manière prépondérante; le second, pour substituer le blanc au rouge dans le cas contraire; et le troisième, pour faire disparaître, tant en blanc qu'en rouge, les ceps de mauvais plant qui peuvent être disséminés dans le Clos.

Taille de la vigne. La taille de la vigne, qui a ordinairement lieu dans le courant du mois de février, est une opération intéressante et à laquelle on ne saurait donner trop d'attention.

Planter et lier. Immédiatement après le second labour, c'est-à-dire au commencement d'avril, on doit planter les échalas et y lier les ceps.

Ébourgeonnement ou *évasivage.* Cette opération consiste uniquement à ôter les bourgeons qui ont poussé sur le vieux bois; elle doit précéder de deux ou trois jours la donnée du troisième labour.

Accolage. Après le troisième labour, on liera les nouveaux jets ou saillies aux échalas, sans en rien ôter.

Relèvement. Lorsque les raisins commenceront à *varier* ou changer de couleur, on relèvera les échalas tombés, et après en avoir réuni deux ou trois ensemble en forme de faisceau, on prendra l'extrémité des saillies des ceps correspondants, qu'on relèvera et liera à l'extrémité des échalas avec du menu chanvre ou de la paille, sans les tordre.

Sarclage. Les vignes seront sarclées à la main toutes les fois qu'elles en auront besoin et particulièrement avant chaque labour.

Vendanges. Les vignerons donneront leurs soins à ce que les raisins *de plantes*, les verts et les pourris, s'il y en a, soient laissés aux ceps, *attendu qu'ils ne doivent point concourir à la composition des vins du Clos;* et enfin le dernier jour sera employé à vendanger les verts, les pourris et les *plantes*, c'est-à-dire les jeunes ceps, ainsi que les raisins qui auraient pu échapper à la recherche des jours précédents.

Encouragement. Les vignerons auront *cinq francs* par pièce de vin remplie au 30 novembre, c'est-à-dire que si à cette époque la quantité de vin récolté est de cent pièces, il leur sera donné 500 francs. Chaque vigneron aura droit à cette somme proportionnellement à la quantité de journaux de vigne qu'il aura cultivés.

Mauvais temps. Le temps, lorsque les vignerons sont au travail, pouvant changer d'un moment à l'autre, et de beau qu'il était devenir pluvieux, froid et contraire aux travaux de la vigne, le chef, lorsque cela arrivera, est chargé d'en prévenir les vignerons au son de la cloche, lesquels, lorsqu'ils l'entendront sonner, devront discontinuer leurs travaux et se retirer.

Toutes les fois qu'ils trouveront les portes du Clos fermées, ce sera pour eux un indice qu'ils ne doivent pas y entrer. Le commis, en conséquence, doit, tous les jours où il fait bon travailler, aller ouvrir les portes du Clos à la pointe du jour, et les fermer le soir, à la tombée de la nuit [1].

---

[1] *Communiqué par l'administration du Clos à M. le docteur* LAVALLE.

VI

Il est d'expérience ou de préjugé que, de la fin de la floraison à la vendange doit s'écouler comme une échéance de banque, *quatre-vingt-dix jours*, singulier rapprochement. Fleur passée, vendange à trois mois : il fallait bien une base pour asseoir le *ban*, cette prétendue protection de la vigne, cette garantie mensongère du bon vin. Nous avons publié ailleurs ce que nous pensons du ban de vendanges, et nous n'y reviendrons pas. « Il s'introduisit, dit le président Bouhier, pour *plusieurs bonnes raisons :* 1°. afin que personne ne vendangeât *avant que la maturité du raisin eût été bien reconnue ;* 2° afin que les forains (marchands du dehors) fussent avertis et pussent se préparer ; 3° afin que les vendangeurs travaillassent ensemble et tout de suite en un même canton, sans quoi ils causeraient du dommage à ceux qui ne vendangeraient pas ; 4° *pour la commo-*

dité des décimateurs. » La dernière raison était la vraie, comme d'ordinaire les post-scriptum. M. Lavalle, le Michelet des grands vignobles bourguignons, en ajoute une cinquième, ce qui fait deux en tout ; « le privilége, pour le seigneur, de vendanger quand il voulait,» avant ses vassaux ou après eux, selon la couleur de son raisin et le bon marché de la main-d'œuvre. Et comme aucune loi n'est forte que par la peine : amende aux contrevenants, emprisonnement, confiscation des outils, et du fruit, et du salut éternel même, si par audace quelqu'un se fût avisé de couper son raisin un dimanche ou jour de fête, n'y eût-il eu, tout le mois, de sec et de soleil que ce jour-là. Mais la dîme et les seigneurs ne sont plus, et pourtant le ban de vendanges subsiste encore dans tout l'arrondissement de Beaune. Il ne s'arrête qu'au Chambertin. Il a survécu aux monastères et aux châtellenies, pour les prétendues raisons 1, 2 et 3 ci-dessus, en apparence; au fond, pour l'avantage des propriétés closes sur celles qui ne le sont pas. Or, le Clos de Vougeot est la propriété *close* par excellence dans la côte ; et qui dit le *raisin du Clos*, le *vin du Clos*, n'a point besoin d'autrement les désigner. Il n'y a qu'un *Clos* comme il n'y a qu'un *roi :* ce substantif se passe de nom propre. Donc on peut vendanger au Clos quand on veut, à ce qu'il semble : et pourtant ce n'est pas toujours ainsi. Il faut une armée pour cueillir cette récolte immense. Quand Cîteaux avait le Clos, Cîteaux avait ses moines, et ses moines avaient les paysans : M. Ouvrard a les vendangeurs, comme tout le monde, et subit de même que tout le monde la conséquence de la naïveté municipale qu'on appelle le ban.

Cette année, par exemple, 1859, la vigne ayant perdu sa fleur à peu près partout le 24 juin, on devait, pour accomplir les trois mois traditionnels, ne point vendanger avant le 24 septembre. Le 11, qui était un dimanche, la visite des gentils commissaires commençait déjà de Meursault à Beaune ; et ces dispensateurs communaux des biens du ciel et de la terre décrétaient que les raisins seraient mûrs à partir du 15, et qu'on vendangerait du 15 au 20. N'admirez-vous point cette infaillibilité ? Or, il y a comme un télégraphe entre la divination des proclamateurs du ban et le monde nomade des vendangeurs. Les commissaires n'avaient pas fini leur dérisoire promenade, que déjà, de la montagne à la combe, de par delà Autun, du Morvan, — pays de mauvais vent et mauvaises gens, dit la Bourgogne,— les *liots* et les *liottes* descendaient, chaussés ou non chaussés, maigres, hâves, las, *éfémés* (affamés) de raisin et du reste, le *liandeau* (couteau) en poche, le *vendangereau* (panier) au bras ; et s'asseyaient sur les chemins, le dos aux maisons, les genoux

dans les mains, attendant la louée en se regardant
farouches comme des camps rivaux de Bohémiens.
La louée, c'est une paie de 75 centimes à 1 fr. 50,
selon la concurrence et les nuées, plus *un sou pour le
coucher;* matin et soir, de la soupe aux légumes et
au lard ; à midi, du pain, un peu de fromage et un
verre de vin. Quand ce monde est là, il faut le
prendre, autrement il vous prendrait : voilà un des
bienfaits du ban. En 1857, ils arrivèrent mourant
de faim à Santenay; si bien, les pauvres gens,
qu'ils mangeaient les pommes de terre crues dans
les champs, et qu'un garde qui voulut les empêcher
en mourut. Il fallut vendanger vert pour sauver le
raisin; ils n'eussent rien laissé dans les vignes :
c'étaient des sauterelles de six pieds.

Close ou non close, toute vigne est un peu la proie
de ce débordement. Tant pis si des vignerons, courts
d'argent ou pressés autrement de faire vîte, ont
appelé les vendangeurs avant la maturité. Ce qu'on
peut tout au plus, c'est ouvrir sa porte le dernier
quand on a une porte, mais point choisir son jour.
Meursault et Chassagne ont trop tôt vendangé en
1859, le 17 septembre! Volnay le 19, Pomard le 19,
Beaune le 20, Savigny le 21 : ils ne veulent plus que
le vin soit *le jus d'octobre!* Le 19 et le 21, il faisait
froid et humide; le 20 il pleuvait. Aussi la fermentation a langui; les cuves, comme on dit, ne voulaient

pas marcher. Mais ensuite le temps est redevenu beau
et chaud. Le Clos a eu la chance de ne vendanger
qu'alors; et les vendangeurs n'y ont point dû trouver le raisin revêche. En 1858, la grande année, ils
en ont mangé de quoi faire six pièces, m'a-t-on dit:
à 1,000 fr. la pièce, ce fut un beau dessert! Je
croyais que si on les nourrissait mieux on obtien-
drait d'eux d'en manger moins : il paraît que ce
serait le contraire. A-t-on essayé? c'est la question.
Pauvres vendanges de Bourgogne! Elles sont grossières et tristes maintenant ; des hommes bêtes de
somme, qui coupent de la matière pour de l'argent.
Tout au plus le soir quelques lourdes rondes autour
d'un bout de chandelle, aux sons bourdonnants
d'une vielle, ou mieux aux chansons des femmes,
car la Bourgogne est la terre aux voix de femmes,
comme le Languedoc celle aux voix d'hommes, et la
Picardie, buveuse de cidre, aux basses. La baccha-
nale d'autrefois s'est retirée en Allemagne, en Hongrie, à Tokaj, sur le Rhin. Autour de Vienne, en
cette Autriche dont nous médisons sans la connaître, c'est la grande semaine de l'hospitalité pour
tous. A qui passe, la main salue; à qui s'arrête, les
bras s'ouvrent. Le plus riche est le plus heureux,
car il peut accueillir le plus de monde. La fête des vignobles est toujours le dimanche. On choisit un grand
arbre, le plus beau; on le pare de guirlandes, de

rubans, de fruits, de gâteaux, de cruches pleines ;
c'est le mai, la colonne, l'obélisque de la fête, appe-
lant et ralliant tous ceux qui le voient. Le soir, on
l'éclaire, et c'est un phare. A midi, les hommes
s'assemblent à l'entour, sous des toits de feuillage,
dans un repas colossal. A trois heures, les jeunes
se lèvent, un bouquet à la main ; ils vont chercher
les femmes et les filles, et les ramènent en proces-
sion ; les vieux, pendant ce temps, ont fait de la
salle du banquet une salle de danse ; les harpes et
les cors marient leurs voix enivrées ; les valses,
les collations, les libations tourbillonnent ; et la nuit
se passe ainsi rieuse, amoureuse et illuminée. A la
bonne heure !

VII

Le raisin étant cueilli, il s'agit de faire le vin. Or il ne faut pas se le dissimuler, nous sommes loin de savoir faire le vin partout, en cette France où l'on aime tant à se vanter. Railler les autres n'est pas diminuer sa honte, et à quoi bon mal parler de l'Italie et de l'Espagne, quand notre Midi français, avec son soleil éternel et ses raisins qui sont des grappes de sucre, ne nous donne cependant, comme le dit M. Gaubert, « qu'un vin pâteux, surchargé d'extractif et de tannin, souvent acescent dès le moment où il passe de la cuve dans les barriques, taché d'un arome désagréable et d'un goût de terroir affreux [1]? » Ce sera toujours bon à brûler, disent en leur patois ces ignorants partiaires, vignerons indignes, colons abrutis, qui ne voient à

[1] P. GAUBERT, *Études sur les Vins et Conserves.*

tirer du raisin que son poison commercial, l'eau-
de-vie. Eh! laissez-donc la vigne au vin, distilla-
teurs effrénés; faites de l'eau-de-vie avec autre
chose : de quoi ne fait-on pas de l'eau-de-vie
aujourd'hui?

De toutes les fières villes, Paris est la plus fière,
et sans doute elle en a le droit. La France étant la
tête du monde, anatomiquement Paris doit en être le
cerveau. Or, si c'est en effet par ses vins que la
France domine l'univers, à coup sûr ce n'est point
par les *vins de Paris*. Pourquoi ne dirions-nous pas
les vins de Paris puisqu'on dit bien les vins de Bordeaux? Sont-ils assez affreux, ces *breuvages inqua-
lifiables où l'on ne puise que le malaise et l'affaiblisse-
ment du corps* [1]! C'est un médecin qui les traite
ainsi, ce n'est pas moi. Et pourtant le Parisien, haut
connaisseur, prise tant le jus de *ses crus,* qu'il se
l'achète à lui-même aussi cher que du bon vin de
Bourgogne. « Il n'y a pas assez longtemps, disait
Frédéric Soulié, que Bordeaux a détrôné Sèvres et
Argenteuil, pour qu'il me soit permis de croire à la
pureté du goût parisien. » Le vin des environs de
Paris serait dignement payé cinq centimes le litre,
et encore! Tiraillements et spasmes de l'estomac,
coliques, lassitude, courbature, voilà toute la répa-

---

1 P. GAUBERT, *Etudes sur les Vins et Conserves.*

ration qu'il vous donnerait pour un sou. C'est en ne
sachant pas mieux faire que la France transpire
annuellement 40 millions quelconques d'hectolitres
de vin qui paient l'impôt pour 45 ou 50, grâce
à l'eau des marchands. Un sixième de cette masse
est bon ; un sixième est passable ; un autre sixième
peut être bu sans dégoût absolu ; le reste ou la
moitié varie entre le mauvais et l'abominable : et
de cette moitié cependant la plus grande partie
serait au moins présentable, si le vin était bien fait.
LE VIN EST UNE NOURRITURE ; on ne se dit pas assez
cela ; et comme le pain, comme la viande, cette
nourriture veut être bien choisie et soigneusement
préparée : la qualité en garantit le résultat, déplorable ou favorable, à la volonté du preneur.

On sait faire le vin au Clos de Vougeot ! Je pour-
rais dire que c'est ici le collége des tonneliers, la
Sorbonne de l'œnologie. Le ciseau des grands artistes
de la Renaissance a brodé les murailles, festonné
les portes, historié les fenêtres. Les vignerons et les
cavistes montent les escaliers d'un palais. On cherche
la pourpre des cardinaux, on entend marcher les armu-
res des barons, dans ces salles hautes, aux cheminées
monumentales faites pour coucher des arbres dans
leur foyer et tenir des cavaliers debout sous leur
manteau. Et quel cellier que ce cellier du douzième
siècle ! A côté du beau logis à dépraver les moines,

quelle magnifique loge à garder le bon vin! Laissez-en décrire l'intérieur à M. Leclère, le savant rapporteur du Congrès des Vignerons en 1844 : « Entrez, vous êtes bien chez des vignerons. Voici le pressoir monacal, ou plutôt les quatre antiques pressoirs, énormes et grossières machines qui fonctionnent si bien encore aujourd'hui. Six pièces liées tant bien que mal composent l'arbre de chacune de ces curieuses reliques.

« La cuverie forme un beau quadrilatère à cour centrale, dont les galeries ont trente mètres de long sur six de large, éclairées chacune par trois fenêtres élevées, donnant un demi-jour favorable. Trentequatre cuves de tailles différentes y sont rangées en bataille. Elles peuvent cuver à la fois QUATRE CENT CINQUANTE PIÈCES; l'épaisseur de leurs parois n'est que de trois centimètres, d'où l'on conclut leur anciennneté. *Un couvercle descendant, à fond percé d'un seul trou, les recouvre toutes.* La petite contenance des cuves est unanimement approuvée; elle suffit à la cueillette de chaque jour, et ainsi la fermentation simultanée ne reçoit aucun trouble par l'apport successif de vendange nouvelle. Avant d'encuver, l'usage est de donner à la récolte un tour de pressoir. Les foudres, de bonne construction et bien entretenus, ont été fabriqués avec du chêne d'Allemagne, en bois de fente et par des ouvriers rhénans. On a vendu jusqu'à *trois cents francs* quelques foudres de réforme. Neufs, en bois de sciage, ils coûteraient 200 francs dans le pays, et 500 francs en bois de fente.

« Deux celliers, l'un de cinq mètres en hauteur, l'autre de trois, peuvent recevoir SEIZE CENTS PIÈCES. Ils ne sont point voûtés, mais le plafond est chargé de 66 centimètres de terre recouverte d'un carrelage. La lumière y est facilement réglée à l'aide de volets, et l'air atmosphérique introduit par de petites fenêtres à lancettes. De la porte, les thermomètres peuvent marquer cinq degrés centigrades en hiver et douze degrés en été. Il est reconnu que cet usage de varier et de régler la lumière et la température est excellent. C'est pour le vin une sorte d'éducation fort utile; et l'on remarque dans plusieurs vignobles distingués, où la température des celliers est trop uniformément maintenue à dix ou douze degrés, que le liquide souffre dès qu'il sort pour être livré au commerce et voyager. »

Des Bordelais ont critiqué la faible contenance relative des cuves du Clos de Vougeot. La cuve est, comme on sait, le vaisseau où la vendange est mise en fermentation. Dans le Médoc, on voit des cuves qui contiennent jusqu'à 228 hectolitres, CENT PIÈCES. La fermentation y devient, dit-on, plus active, plus chaude d'un cinquième ou d'un quart que dans les

petites. C'est à voir; les Bordelais ne font pas abso-
lument autorité en vinification. Ils n'ont pas même
su, plus qu'ailleurs, adopter encore un système uni-
forme de cuvage; ainsi dans présque tout le pays de
Margaux, on cuve *ouvert,* comme dans ceux où le
vin se fait le plus mal.

La cuve couverte est la seule bonne : elle conserve
l'arome, les éléments du bouquet, et le gaz. La vendange n'y prend pas l'air, ne moisit pas, ne devient
pas acide; en refoulant le *chapeau* dans la cuve on
ne change pas le moût en vinaigre. Il est inconceva-
ble que tant de soi-disant vignerons en soient encore
à savoir cela. C'est aux cuves découvertes que les
vins du Midi, qui pourraient être bons, doivent leur
perte; l'air attaque la fermentation, s'en saisit et la
décompose. Quand la cuve est couverte, point de
danger d'asphyxie, en outre; on circule dans la cuverie, la chandelle allumée. Quelques-uns couvrent
à moitié, c'est un moyen terme timide. Pour savoir
ce qu'on fait, il faut savoir ce qu'on veut : couvrez
ou ne couvrez pas. Que craignez-vous en couvrant ?
que la fermentation s'arrête? Pourvu qu'il y ait eu
de l'air au début, rien ne l'enrayera : ne couvrez que
le second jour, si vous avez peur. De bons fai-
seurs ajoutent à la couverture un double fond mo-
bile, non hermétique, qui maintient le marc im-
mergé dans le moût pendant la fermentation et ne

laisse monter que le vin. C'est la suppression du dangereux *chapeau*; et c'est assez l'avis de M. le comte Odart, grand partisan aujourd'hui des cuves couvertes; « ne consentant point, dit-il, au partage de ma vendange avec une innombrable population de moucherons et même de vermisseaux. »

Au Château-Lafite et au Clos de Vougeot on ne se sert pas du double fond.

Les meilleurs couvercles sont en bois de peuplier. Le sapin est résineux et donnerait du goût au vin; le chêne est trop lourd. Il peut être bon d'étendre sur les couvercles une étoffe de laine mouillée; la fermentation s'en comportera mieux.

La fermentation finie—et elle dure plus ou moins, selon la température et l'année—le vin est mis dans des pièces ou dans les foudres. On porte le marc au pressoir et on l'épuise, pour qu'il devienne engrais et retourne à la vigne. C'est encore quasi comme on faisait au temps d'Homère. Ces anciens avaient des tonneaux où ils laissaient le vin jusqu'à maturité; puis, au lieu de le mettre en bouteilles comme nous, ils le soutiraient en des urnes de terre, enduites ou vernissées intérieurement et extérieurement. Cette année les deux tiers de la récolte du Clos ont été mis en pièces : on y eut mis le tout si les futailles n'eussent pas manqué. Qui vaut le mieux, demandait M. Leclère, du foudre ou du tonneau neuf pour recevoir le jeune vin? « Les partisans de la *barrique* assurent qu'elle laisse à chaque récolte son caractère, son cachet individuel, et que le vin s'y complète plus rapidement. Mais on répond à cela que, si dans la barrique neuve le liquide traverse plus vite les phases dernières de la vinification, il se fait mieux dans les foudres; il y devient meilleur et plus homogène : le vin est moins exposé aux influences variables et souvent fâcheuses des bois de qualité douteuse ou mauvaise [1]. »

Adhuc sub judice lis est.

[1] *Rapport au Congrès des Vignerons,* 1844.

VIII

Voilà donc le vin du Clos de Vougeot fait et en-
fermé. Il va vivre au large en son Louvre, quel que
soit son nombre, dans le respect et dans la paix. Tout
est prévu pour le soigner sans l'agiter : on remplit
une pièce, on la soutire dans une autre, avec immobilité. Le vieil Olivier de Serres le voulait ainsi : « Se
faut soigneusement donner garde de ne tracasser près
des tonneaux remplis de vin, ni heurter contre. C'est
pourquoi avons logé les caves et logis des vins en
lieu solitaire et éloigné du bruit. » De temps en
temps, aux époques critiques — car cet être charmant se souvient toujours de sa première existence,
de sa vie utérine dans la vigne, sa mère; et liqueur
qu'il est devenu, il répond aux battements, aux émo-
tions de la plante — le chef tonnelier le regarde, le
touche, lui tâte le pouls pour ainsi dire. C'est encore
une ordonnance du vieux maître en agriculture.

« Comme il est aisé au médecin de maintenir par
son art la personne en santé, et plus facile de guérir
les maladies en leur naissance qu'après être parve-
nues en parfait accroissement; ainsi par degrés
est-il des vins, lesquels avec peu de peine conserve-
t-on en bonté, et avec moins de soins les garde-t-on
de perdre, lorsqu'ils marchandent à se tourner, qu'à
les guérir ayant du tout fait le saut. » Aussi peut-on
dire des vins du Clos, que, bien constitués, bien nés
et bien menés, il n'y a pas d'exemple qu'ils se soient
mal conduits. Et comme ils ont commencé ils finis-
sent : au bout de leur longue vie, leur mort est
douce et sereine; leur momie sèche et saine conserve
la noble empreinte de leur corps. Autre chose est
la mort hideuse et puante des mauvais vins.

Inutile de dire que jamais le vin du Clos de Vougeot n'a subi addition ni préparation quelconque.
Ce ne sont point ceux de ces races-là qui se prosti-
tuent; et si des abuseurs d'innocence les ont violés
en des trafics sans pudeur, du moins étaient-ils
sortis purs et vierges de leur berceau immaculé. Ce
n'est point au Clos qu'on sucre le vin; ce n'est point
au Clos qu'on le vieillit non plus : le grand chimiste
Mollerat n'a pas pour ce lieu changé la pomme de
terre en glucose; l'apothicaire Batilliat n'y est point
venu vendre l'âge sous forme de chaux vive et
de tartrate de potasse. Tel qu'il est né, le voilà : ·

s'il est de bonne année, tant mieux ; de mauvaise,
tant pis. Ses éleveurs ne sont ni des entremetteurs,
ni des châtreurs ; et la Nature les récompense de
leurs soins pour son élu par une moyenne meilleure
que les autres. Le Clos, depuis le commencement de
ce siècle, a compté *une année supérieure sur quatre*,
1802, 1804, 1806, 1811, 1815, 1819, 1822, 1825,
1834, 1842, 1846, 1854, 1857, 1858, et probable-
ment 1859 : quinze. Il en eût compté dix-sept, sans
un fléau, la *quantité*. Le jury de l'Exposition uni-
verselle de 1855 s'est fait solidaire des distinctions
célestes : il a donné la médaille de première classe
aux trois vins de M. Ouvrard, la Romanée, le Clos
et le Chambertin. Au surplus, et nous l'affirmons
parce que nous en avons souvent eu la preuve, le
vin du Clos de Vougeot a surtout ceci d'admirable qu'il est très-rarement inférieur, et que si
basse, si pauvre, si verte qu'ait été l'année, il vient
toujours une heure glorieuse où l'enfant dans la
bouteille ressaisit sa majesté native et rappelle les
grands airs de ses ancêtres. C'est ce qu'on peut dire
un *vin à soi ressemblant*. D'ailleurs il y a toujours
un moyen d'en tirer bon parti, tout pauvre, tout
chétif qu'il soit venu au monde ; c'est de le mettre
en mousseux. Qui ne se souvient encore des Clos
de Vougeot mousseux de M. Lausseure ? La mise des
grands vins de Bourgogne en mousseux dans les an-

nées médiocres est l'avenir de cette production.
L'expérience l'a démontré : Bourgogne en temps ordinaire peut faire aussi bon que Champagne en
temps d'exception. Qu'on sache et qu'on ose : voilà
tout. Les jeunes MM. Lausseure ont hérité de la
science admirable de leur père, qui fut et restera la
gloire du vrai commerce : en 1852, les raisins de la
côte étaient grêlés, verts, pourris ; ils en ont fait des
vins mousseux très-fins. La mise en mousseux sau-
vera de bons vins qui, vendus en nature, auraient
tourné à l'amer et déconsidéré leur cru pour jamais
peut-être, selon l'étroit de l'intelligence et la longueur des oreilles du buveur.

Par la mise en mousseux, plus de gelage, ni de
chauffage, ni de sucrage ; rien de toutes ces inven-
tions meurtrières, parricides, ridicules, conçues par
une fraude au profit d'une autre fraude. Croirait-
on qu'en 1858, l'année prodigieuse, où les vins ont
pesé 15, 16, 18°, un propriétaire de Volnay a mis
dans son vin dix kilogrammes de sucre et deux
litres d'eau-de-vie par pièce, craignant que la nature y eût oublié l'alcool ? Et que cette année 1859
c'est par 50,000 kilogrammes que le sucre est entré
dans le commerce bourguignon ? Des viatiques, di-
sent-ils, des passe-ports : autrement les bourgognes
ne dureraient ni ne voyageraient ! On ne sait que
penser d'énormités semblables, si c'est de l'effron-

terie ou de la naïveté. A l'immense dégustation faite
à Dijon le 15 mai 1856, ont été bus du vin de
Pomard de 1842 qui revenait de Calcutta ; du vin de
Volnay de 1846 qui revenait de Bahia ; du vin du Clos
qui avait fait le tour de l'Égypte ; du vin de la Romanée-Conti de 1842 revenu de Chine par la Tartarie,
la Sibérie, la Russie, la Baltique, en charrette, en
traîneau, en bateau, par la neige, la glace, la pluie,
la nuit, le soleil ardent : ces vins ont été compa-
rés avec leurs jumeaux restés en cave ; ils étaient
simplement devenus un peu plus vieux. Voilà pour
l'impossibilité du transport. Voyons la durée. A cette
éclatante exposition de 1856, il y avait des bourgognes de 1802, 1806, 1808 ; j'en ai goûté à Nuits
de 1797. Ceux-là, devenus vins de liqueur comme
en Espagne, et jaunes au lieu de rouges, étaient excellents de franchise et de conservation. Il y avait
des Clos de Vougeot de 1819, de 1825, des Corton de
1815 et 1818 ; ils étaient admirables de tous points.
Des blancs de 1818, 1819, 1822, encore meilleurs
que les rouges, par impossible ! C'est assez vivre et
bien vivre : soixante, cinquante, quarante, trente
années de santé ! On sait cela pourtant ; pourquoi le
nier ? Parce qu'on veut tromper son monde et vendre
un vin pour un autre, l'inférieur pour le supérieur,
un seul pour tous ; et que le sucre et le glucose ont
cela d'admirable d'enlever tout bouquet, tout ca-

chet; de faire tous les vins uniformes en leur graisse, aussi insignifiants, aussi bêtes, aussi pâteux, aussi lourds, aussi plats les uns que les autres. Un négociant de Dijon écrivait dernièrement à son voyageur : « Il nous reste quelques pièces de Beaune que vous pourrez vendre indifféremment pour Chambertin, Corton, Romanée ou Clos de Vougeot. » Et d'ailleurs le sucrage facilite les mélanges, cette fin des fins, ce parfait idéal du marchand de vins distingué. On se souvient encore en Bourgogne d'un procès fameux entre associés, à propos de vins du Clos de Vougeot de 1842 envoyés en Belgique et refusés à l'arrivée. Aux débats le livre de cave fut apporté, et l'on découvrit cet ingénieux procédé de composition et d'expédition : « pour une pièce de vin du Clos de Vougeot : un quart vin du Clos, un quart vin de Nuits, un quart *idem* ordinaire, un quart vin de vigneron. » C'était faire quatre d'un. Le miracle fut condamné, c'est dommage ; il rappelait glorieusement Paris, la ville des merveilles et du savoir [1].

---

[1] Cuvées de marchands de vins de Paris a l'usage des consommateurs parisiens.

Pour faire 24 pièces de vin de Bordeaux :

Bordeaux bas	4	barriques.
id. pire.......	5	id.
Sologne ou Cher....	8	id.

On vient heureusement de soustraire la couronne
de la Bourgogne à ces fabricants de bijouterie fausse.
Et il était temps : tout notre grand vin s'en allait en
déshonneur. Une compagnie de propriétaires et de
consommateurs illustres s'est formée, et a traité *pour
douze ans* de la disposition exclusive des récoltes du
Clos de Vougeot, de la Romanée-Conti, d'une partie

Environs de Paris...	4	id.
Graves (eau)........	2	id.
Narbonne..........	1	id.

*Autre cuvée plus corsée, sans vin de Graves, c'est-à-dire
sans eau :*

Bordeaux bas........	5	barriques.
id. pire.......	6	id.
Sologne ou Cher....	8	id.
Environs de Paris...	3	id.
Narbonne..........	2	id.

Pour faire 8 *pièces de vin de Mâcon, ainsi que les deux
tiers de Paris le consomment :*

Mâcon.............	2	barriques.
Sologne ou Cher....	1	id.
Anjou blanc........	2	id.
Bordeaux pire.......	2	id.
Tavel.............	1/2	id.
Roussillon	1/2	id.

On gagne peu sur les deux premières : la troisième, celle
de Mâcon, est la bonne ; elle donne de 20 à 25 pour cent, et
on la renouvelle tant qu'on veut.

de celles du Chambertin, etc. Cette compagnie s'appelle la *Compagnie des Grands Vins de Bourgogne;*
sa volonté est la restauration du commerce, sa mis-
sion de faire arriver le produit intégralement et directement du lieu de production au lieu de consommation. Nous donnons ci-après — et nous en sommes
heureux, parce que nous y voyons la première phase
d'une ère nouvelle de gloire nationale agricole — les
termes principaux de la convention passée entre
M. Ouvrard et la société Passier et Compagnie,
le 1er juin 1858 :

« M. Ouvrard déclare, par ces présentes, céder et abandonner
pour douze années consécutives qui prendront cours à partir
de la récolte de 1858 et finiront par la récolte de 1869, à
ladite société Passier et Compagnie, le droit à la totalité des
récoltes des vignobles dont la désignation suit :

« 1º Le Clos-Vougeot, situé sur le territoire de Vougeot
(Côte-d'Or), de la contenance de 48 hectares ;

« 2º La Romanée-Conti, sise sur le territoire de la commune de
Vosne (Côte-d'Or), contenant 1 hectare 38 ares en une seule
pièce : lesquels vignobles et crus M. Ouvrard possède seul
exclusivement ;

« 3º En Chambertin, etc.

« M. Ouvrard aura chaque année la faculté, suivant ses con-
venances, de réserver à son choix, *sans pouvoir les vendre
ni en faire l'objet d'aucune espèce de commerce, soit par
échange, soit autrement* :

« 3 pièces 1/2 (7 hect. 98 litres) Clos-Vougeot ;

« 1 pièce (2 hect. 28 litres) Romanée-Conti ;

« 1 pièce 1/2 (3 hect. 42 litres) Chambertin.

IX

LA

ROMANÉE-CONTI

Si, en effet, le Clos de Vougeot est la couronne de la Bourgogne vinicole, la Romanée-Conti est le joyau qui la surmonte ; et bien des villes, Bordeaux en tête, céderaient des lieues de leur banlieue pour ces trois petits arpents. Pourquoi cela s'appelle-t-il la Romanée ? Nul ne le sait. Des débris romains, on en trouve partout ; toute la France serait romaine, à ce compte. Passons sur l'origine et tenons-nous-en au document suivant ; il résume tout ce que le lecteur et nous avons besoin de savoir. Ce n'est pas littéraire, mais c'est exact.

« La Romanée-Conti est une pièce de vigne célèbre par la qualité exquise du vin qu'elle produit. Elle est estimée dans le territoire vignoble de Vosne comme étant dans la position la plus avantageuse pour que le fruit obtienne la plus parfaite maturité. Plus élevée à l'occident qu'à l'orient, elle présente son sein aux premiers rayons du soleil, ce qui lui procure les impulsions de la plus douce chaleur du jour.

« Le terrain qui nourrit cette vigne est suffisamment profond, de la qualité la plus propre qu'il soit possible de désirer pour opérer la végétation et le soutien de la vigne. On y cultive le pinot noir ; les ceps portent bien leur fruit et ne sont pas susceptibles de *coulaison*, comme dans beaucoup d'autres climats.

« La Romanée-Conti est de la contenance de quarante ouvrées, ou cinq journaux. Elle est fermée de murs du côté de l'orient, et bornée à l'occident et au nord par dix-sept bornes. La propriété a très-longtemps appartenu à la famille Croonembourg. On n'a pas connaissance de l'époque à laquelle elle y est entrée; on sait seulement que cette famille la possédait au quinzième siècle. Cet héritage précieux y a été conservé jusqu'après le décès de Philippe Croonembourg. André, son fils, voulant liquider les charges de l'hoirie de son père, résolut de vendre cette propriété. Elle fut convoitée par la Pompadour, qui ne réussit pas dans ses intrigues. Jean-François Joly, conseiller d'État, à Paris, fit des propositions qui eurent leur effet. Croonembourg consentit à la vente de la Romanée, moyennant le prix de 80,000 livres, et *cent louis de chaîne*, en 1760.

« Cette pièce de vigne avait été vendue comme étant de cinq journaux. L'arpentage n'ayant eu lieu qu'après la vente faite, et ne s'y étant trouvé que trente-sept ouvrées, le vendeur Croonembourg fut obligé, pour parfaire les quarante ouvrées, de donner trois ouvrées qui ne sont séparées de la Romanée que par un sentier.

« Le prix de cette propriété paraissait excessif à l'époque de la vente, d'autant plus que cette vigne était sujette à la dîme, qui se payait au *seizième des fruits*, et d'un cens de trente sols, nature emphytéotique, le tout envers le prieur de Saint-Vivant.

« Mais la renommée acquise par les vins de cette vigne était telle alors, et les riches facultés de celui entre les mains duquel elle devait passer, furent des motifs assez puissants pour faire de légers sacrifices. Le prince de Conti, pour lequel avait acquis Jean-François Joly, fit acquitter les lots de son acquisition et s'abonna pour la dîme envers la maison de Saint-Vivant.

« Avant l'année 1735, cette vigne fut pendant plusieurs années cultivée par feu Nicolas Tisserandot, qui la négligea et la réduisit en mauvais état. Elle ne produisait alors qu'une feuillette de vin par journal, année moyenne [1]. Depuis 1735, elle fut cultivée par la famille Denis Mongeard, de Vosne, jusqu'en 1783. La bonne culture et les bons soins qu'il y donnait fit que ce cultivateur fut continué par le nouvel acquéreur. La vigne était revenue en meilleur état. D'ailleurs, ce qui y contribua encore davantage, ce fut le transport de cent-cinquante voitures de terre neuve en gazon, prise sur la montagne, que Croonembourg fit amener et répandre sur cette vigne, en 1749; et alors, comme depuis, le produit de cette vigne a été, année commune, d'une pièce de vin par journal.

« En 1785 et 1786, Grimelin, régisseur du prince de Conti, fit creuser près du bas de cette vigne, et fit enlever beaucoup de terre, qu'il fit répandre dans les endroits dénués de terrain et dans les parties faibles et stériles de cette pièce de vigne. Il fit remplir le creux de pierrailles, remettre dessus du terrain neuf de bonne qualité, et repeupler cet endroit. Cette amélioration lui causa une dépense de mille livres pour le moins.

---

[1] Cinq feuillettes en totalité.

« Quoiqu'il soit vrai de dire que le climat de la Romanée produit en moyenne une pièce de vin par journal, il ne faut pas oublier que dans les bonnes années elle donne beaucoup plus; on y fait alors douze à quinze pièces de vin. En 1772, on y récolta dix-huit pièces de vin; en 1785, vingt pièces; en 1787, dix pièces [1].

« Nous ne pouvons dissimuler que le vin de la Romanée est le plus excellent de tous ceux de la Côte-d'Or et *même de tous les vignobles de la République française*. Sa couleur brillante et veloutée, son parfum et son feu charment tous les sens. Ce vin, bien entretenu et bien conditionné, arrivant à sa huitième et dixième année, augmente toujours en qualité. Il devient le baume des vieillards, des faibles et des infirmes, et rendrait la vie aux mourants. Louis XIV, ayant été traité de la fistule, fut réduit dans un état d'affaissement déplorable et inquiétant. Les médecins s'assemblèrent pour trouver les moyens de ranimer ses forces. Ils furent d'avis que le remède le plus efficace était de choisir les plus excellents vins de la côte de Nuits et de Beaune. On en fit emplette, le malade en fit usage, et sa santé fut rétablie; celui de la Romanée opérerait sans contredit les plus grandes merveilles.

---

[1] On a récolté 19 pièces en 1858 et 14 pièces en 1859.

« En 1733 et dans les années suivantes, le prix du vin de la Romanée, fixé par le propriétaire, était de 900 francs, 1,000 francs et 1,100 francs la queue. Depuis 1750 jusqu'à l'époque où ce vignoble fut vendu, le prix de la queue de vin fut fixé, selon la qualité de l'année, à 1,200, 1,300 et 1,400 francs; et le propriétaire ne le débitait qu'en feuillettes.

« Le prince de Conti le réserva pour lui pendant tout le temps qu'il en fut propriétaire.

« A Vosne, *le* 18 *messidor an* II *de la République française.*

« *Signé* Renaudot, *expert.* — Breton, *maire,*

« Esmonnin et Mongeard, *adjoints* [1]. »

M. Nicolas Defer, jardinier à Paris, acheta à cette époque la Romanée-Conti pour 112,000 fr. De lui, le vignoble diamant a passé à MM. Tourton et Ravel, les mêmes qui avaient acheté le Clos à M. Focard, et de ces banquiers à M. Ouvrard, avec le Clos.

La qualité unique, sans rivale, du vin de la Romanée-Conti tient, sans doute, à la nature particulière du sous-sol de ce vignoble. Car ni la plante, ni la feuille, ni le fruit, ni la terre ne diffèrent là sensiblement de ce qui les avoisine. Ces souterrains

---

[1] Archives de la Côte-d'Or. *Pièces relatives à la vente des biens nationaux.*

sont pleins de secrets que nous n'avons plus la poésie d'expliquer. Le panthéisme des anciens aurait mis dans celui-ci le tombeau de Bacchus.

On fait le vin de la Romanée-Conti au Clos de Vougeot. Les précieuses grappes, une à une choisies, sont transportées là dans des balonges fermées : il y a une heure de chemin. Une cuve spéciale les attend ; elles deviennent vin à part, dans un lieu consacré, embaumé depuis quarante ans de leurs parfums successifs. La Compagnie des Grands Vins ne vend pas ce vin autrement qu'en bouteilles : le prix est de 12 à 20 francs, selon les années. On peut en trouver à *six francs* sur les prix courants du *commerce* : quels magiciens que ces marchands de vins !

X

Un mot d'hygiène pour finir. Si le vin est une nourriture, il est aussi un médicament; c'est pourquoi certains hommes indignés des abus, des tromperies, des falsifications dont ils étaient témoins, demandèrent un jour que les grands vins fussent réservés par l'autorité, qui en eût permis la vente seulement aux pharmaciens ou autres fonctionnaires de la santé publique, répondant de leur source et de leur pureté. Au point de vue de son action meilleure sur l'économie humaine, faut-il boire le vin jeune ou faut-il le boire vieux? Les avis se partagent; et parmi les simples œnologues les uns veulent qu'on mette le vin en bouteilles après la seconde année au plus tard, pour le boire à trois ou quatre ans; les autres professent une doctrine inverse. Il y aurait peut-être à prendre le parti intermédiaire, toujours, bien entendu, selon l'espèce et la qualité.

Notre avis, qui est celui de beaucoup de savants amateurs, est qu'il faut boire le vin à peu près au rebours des âges : vieux quand on est jeune, jeune quand on est vieux. Le vin très-vieux ne convient pas aux vieillards; il contient trop d'alcool, ne possédant plus suffisamment les modérateurs de ce principe. Le vin rouge, vieux au point d'en être décoloré, ressemble trop au vin blanc dans ses effets; l'alcool n'y est plus assez voilé par le tannin et les matières extractives, qui se sont précipitées ou attachées. Voilà pourquoi toujours un excès de vin blanc est plus incommode, plus douloureux à porter qu'un excès de vin rouge. C'est par le vin blanc qu'autrefois les Perses torturaient leurs coupables et les faisaient avouer : genre de question que bien des buveurs trouveraient agréable à subir. Mais nous n'admettons point l'excès, qui va directement contre le but proposé par la nature à l'homme dans l'usage de tout ce qui existe. Le bon vin rouge de quelques années restaure, dit le docteur Gaubert, à la façon *d'un bouillon concentré;* et de tous les vins rouges le plus excellemment réparateur est celui de la Romanée-Conti, comme celui du Clos de Vougeot sera le vrai ressort vital de l'homme intelligent, robuste, actif, voulant user utilement de ses facultés et de sa vie, sans une trop grande dépense de forces musculaires. *C'est l'éperon du penseur et l'aliment du chef*, diraient les Orientaux, s'ils en buvaient. A ces deux vins-là surtout s'applique une description très-charmante et très-exacte de la dégustation, que nous demandons à son aimable auteur la permission de reproduire ici : « Si l'on boit un de ces vins rouges des premiers crus, pris à point et servi à la température qui lui convient le mieux, sa limpidité plaît à l'œil; son arome et sa saveur s'associent pour produire sur le goût et l'odorat une impression délicieuse; son corps s'étend dans la bouche, y roule avec souplesse et laisse à toute sa surface, en passant vers l'estomac, une sensation moelleuse et chaude. La bouche vide n'est ni d'une sécheresse désagréable ni d'une humidité aqueuse; les deux sens flattés demandent le retour de la stimulation. Au bout de peu de temps, une douce chaleur s'étend de l'estomac à tout le corps; les esprits vitaux sont réveillés, suscités; l'action du centre nerveux s'accroît, et la vie de relation grandit avec la stimulation des organes, au grand profit de la sociabilité. Depuis la première impression reçue, par le sens de la vue, jusqu'à la dernière qui a retenti aux points extrêmes de l'économie, il n'en est pas une qui n'ait concouru au bien-être; et si l'usage a été proportionné à la susceptibilité individuelle, le dégustateur reste bien légitimement convaincu que parmi tous les bienfaits du ciel et toutes les merveilles de l'art, le vin, le grand vin occupe un des premiers rangs [1]. »

C'est bien véritablement un esprit qui entre en nous, comme vous voyez; infernal ou céleste : démon par l'eau-de-vie et le vin frelaté, ange par le vin comme ceux que voilà. Ne buvons plus d'un vin quand il est mort : son alcool était son âme. Il n'y est plus, l'âme est partie. Comment? On ne le sait ni pour la sienne ni pour la nôtre. Par toute la nature, un mystère se cache à la fois et se révèle; ce mystère s'appelle Dieu.

[1] P. Gaubert. *Etudes sur les vins et les conserves.*

IMP. DÉNARD ET Cie, 2, RUE DAMIETTE.